∾

운명의 주인이요,
마음의 선장이 되어라.

윌리암 어네스트 헨리

이제 삼색 펜 한 자루를 준비하고
차차 내 마음속 물을 받아보도록 하죠!

지은이 : ....

마음도
목욕이 필요해

마음도 목욕이 필요해

MIND BATH DIARY

송태준 지음

도서출판 더로드
The Road Books

당신은 오늘 하루 아주 잠깐 동안이라도 가슴이 두근거려본 적 있나요?
두려움에 휩싸여 자꾸만 안으로 수축하는 그런 박동 말고
정말 좋아하는 것을 접함으로써 느끼는 생기 있는 두근거림 말이에요.

아무리 생각해도 없었던 것 같다고요?
혹시 최근에는 그런 적이 없었나요?

…

역시나 있었군요,
이번에도 없었다고 답했다면 당신은 아마
다이어리에 한이 맺힌 영혼이거나 어쩌다 서점에 고립된 좀비였을 거예요.

질문을 이어가봅시다.

당신에게 그런 두근거림이 있었다면
지금은 도대체 무엇 때문에 심장박동이 멈추었나요?
두근거림의 대상이 블랙홀로 빨려 들어갔나요?
현재의 일상에서 받는 중력이 너무나도 강해 벗어나기가 힘든 건가요?
설사 벗어나려고 해도 그럴 만한 연료가 모자라는 건가요?

...

아마도 제가 생각하는 당신은,
블랙홀을 만나지도 않고 일상의 중력을 못 이기지도 않을뿐더러
연료가 모자라지도 않은 그저 아직 우주선의 시동을 걸지 않은
어느 젊고 겁 많은 우주비행사일 겁니다.

막말로 당신의 꿈이 60억 킬로미터 떨어진
저기 명왕성 한복판에 있다고 하면 어떻게 하실 건가요?
방금 당신이 했던, 그 얄팍한 계산에 의해 불가능이라 판단하고
포기하실 건가요?

…

포기하지 마십시오,
제가 보기엔 충분히 가능한 일입니다.
이를 이미 이뤄낸 이가 있기 때문이죠.
그는 무려 11년 동안 뼈아픈 외로움과 살인적인 추위, 그리고 무시무시한
파괴력의 소행성들을 어느 누구의 도움 없이 '혼자' 견뎌냈답니다.

그 이름은 뉴 호라이즌 호(New Horizons Probe),
미국항공우주국(NASA)이 제작한 인류 최초의 무인 우주선입니다.
(설마 고작 기계라고 무시하시는 건 아니죠?)

무려 태양계에서 벗어날 만큼 멀리 있고 크기 또한 작으며
보잘것없어 보이는 행성(명왕성)을 탐사하기 위해 뉴 호라이즌 호는
11년간의 지옥 생활을 자처합니다.

하지만 그 위대한 포부를 비웃기라도 하듯
금세 커다란 난관을 마주하게 되죠.
가장 중요한 요소인 '연료'가 매우 턱없이 모자라다는 것입니다.
처음에 아무리 연료를 가득 싣고 출발하더라도 감당이 안 될 만큼
매우 먼 거리(약 6억 킬로미터)였던 것이죠.

그렇다면 뉴 호라이즌 호는 어떻게 이 난관을 극복했을까요?
연료가 떨어지고 나서는 그저 가만히 우주의 기운을 빌었을까요?

…

전혀 아닙니다.
바로 행성의 '중력'을 이용했습니다.

자칫 이끌렸다간 죽음으로 내몰릴 수 있는 이 '중력'을 자신의 엄청난
'가속력'으로 삼은 것이죠. 아마 당신에게 다가오는 엄청난 불행 혹은
고통 속에도 일말의 이점은 있을 것입니다.
계속 좌절만 하다가는 지나가는 소행성에 더 큰 봉변을 당할 수 있으니
조심하세요!

알고 계셨나요?

뉴 호라이즌 호가 출항하던 해인 2005년, 명왕성은 행성의 지위를
박탈당하는 수모를 겪었다는 사실. 이 때문에 뉴 호라이즌 호 또한
왜소행성을 좇고 있다는 불명예를 안고 살아야만 했답니다.
하지만 지금은 어떤가요?
뉴 호라이즌 호의 이런 활약에 심지어는 명왕성을 행성으로
복귀시키자는 여론도 들끓고 있는 와중이랍니다.
그러니 남들이 뭐라 하더라도 묵묵히 당신만의 길을 가세요.

마지막으로 당신이 뉴 호라이즌 호보다 나은 점을
한 가지 말씀드리겠습니다.
좀 충격적으로 들릴지 모르지만 뉴 호라이즌 호는 11년간의 사투를
이겨냈음에도 불구하고 명왕성에 착륙하지 못했습니다.
이유는 연료 부족으로, 만약 착륙을 하게 되면
다시는 비행할 수 없는 상태가 되어버린답니다.
하지만 당신은 당신이 꿈꿔왔던 것에 대해 얼마든 누릴 수 있습니다.
뉴 호라이즌 호처럼 달랑 사진 몇 장에 만족하지 않아도 돼요.
훗날 당신이 꿈을 이루고 나서 뉴 호라이즌 호를 맘껏 조롱하셔도 됩니다!

시간이 이렇게 됐으니

저도 이제 저만의 항해를 떠나보도록 하겠습니다.

조만간 'Rna 행성'*에서 뵙기로 하죠, 그럼!

*Rna 행성: 영어자판을 보면 알 수 있듯이 '꿈'이라는 뜻의 행성이다.

어렸을 적 목욕탕의 추억이 있으신가요?
그렇다면 최근엔 가보셨는지요?
어렸을 적 뜨거움이란 게 이젠 개운함으로
차가움 또한 시원하게나마 느껴지지요?

물론 지금도 뜨겁고 차갑기는 마찬가지겠지만
처음 물에 들어가고 적응하는 그 잠깐을 버티는 힘이
지금의 나에게는 생기지 않았나요?
혹은 못 버틸 것 같을 때 물을 맞추거나
이도 저도 안 될 때 잽싸게 나올 줄 아는 영리함마저
어렸을 땐 없었던 지금의 담대함이라고 할 수 있겠습니다.

비단 주말에 가는 목욕탕뿐만 아니라
매일 겪는 일상 속에서도 이러한 담대함이 필요한데요.
이를 위해선 감정을 최대한 객관적으로 바라보아야만이
이성(理性)에 보다 힘을 실어주게 되어
감정적인 담대함을 영위할 수 있습니다.

감정에 객관적인 것이 사실 쉬운 일이 아닌지라
저는 적는 연습을 통해 이러한 객관성을 향상시키는 방법을 추천합니다.

적는다는 행위 자체가 정적이면서도 사소하게나마 동적이어서
명상보다는 쉽고 효과적일 거라는 생각도 들고요.

애초에 적는 행위에 대한 반감이 있으신 분들도 적지 않다고 생각됩니다.
때문에 본 다이어리는 자율적인 구성을 통해 최대한
번거로움을 덜었으며 날짜 이외의 모든 숫자칸을 제외하였습니다.
무엇보다 다른 다이어리들처럼 갖가지 필기도구들이 필요하지 않습니다.
그저 삼색 펜만 한 자루 준비해주세요.
빨간색, 파란색, 검은색이 들어있는 펜으로 말이죠.

저는 당신의 빨간색 잉크가 먼저 닳았으면 하는 바람입니다.
감정문제에 있어서는 다소 저항적일 필요가 있기 때문이죠.
섣불리 감정에 종속되지 않고 가끔은 저항해나가야만이
자신의 정체성을 확립할 수 있고
나아가 열정적인 삶을 영위할 수 있는 것이랍니다.

모두 준비되었다면 이제 차차 물을 받아보도록 하죠!

✿✿ 〈마음도 목욕이 필요해〉 사용설명서

마음 다이어리는 각각 감정의 상쇄, 감정의 인내, 감정의 무시,
감정의 해소의 네 단계로 이루어져 있습니다.

① 저항적이고 적극적으로 욕구를 표출하고 싶은 감정
들은 **빨간색**(볼이 발갛게 상기된 고양이 쪽), 반대로 수용
적이고 소극적이며 욕구를 억누르고픈 감정들은 파
란색(낯이 창백해진 고양이 쪽)으로 **감정의 원인과 느낌**
등을 적습니다(나머지 모래시계/슬리퍼/마개 등 다른 모든
사항은 검은색 볼펜으로 쓰세요).
마치 물을 미지근하게 맞추는 것처럼 온도가 다른
감정을 모두 적어보며 감정의 세기를 서로 '상쇄'시
키는 것도 좋은 방법입니다. 마땅히 떠오르지 않는
경우는 비워두어도 좋아요.

② **모래시계**는 감정의 인내를 의미합니다.
감정을 참아야만 하는지 참는다면 어떻게 참을 것
인지 생각하고 적어보세요.

③ **슬리퍼**는 감정의 무시와 회피를 의미합니다. 욕조
에 몸을 담근 지도 채 얼마 되지 않아 슬리퍼를 신
고 나가버리는 것처럼 때로는 감정을 아예 상대하
지 않으려는 노력도 필요하답니다.
감정을 어떻게 무시할 것인지 생각하고 적어보세요.

4 **마개**는 감정의 영구적인 분출과 해소를 의미합니다. 쉬쉬하면서 감정이 넘칠 때까지 내버려 두지 마시고 때에 맞게 감정의 마개를 뽑아주세요. 감정이 깊어질수록 뽑기도 쉽지 않을 테니까요.

감정이 넘치기 전에 마개를 뽑은 경우엔 감정을 해소한 방법과 그 소감을 적습니다. 반면 감정의 상쇄, 인내, 무시, 해소가 모두 실패하여 결국 넘쳐버린 경우엔 그에 대한 반성 혹은 다짐 등을 적으며 마무리합니다.

5 그 날의 감정에 맞게 **표정**을 골라보세요.

행복, 자신감   혼란, 공포

분노, 혐오, 짜증   슬픔, 우울함

무기력, 좌절감

6 다이어리답게 매 페이지마다 **명언**을 적어 놓았습니다. 당신의 열정을 북돋아 이글거리게 할 수도 있고 때로는 단지 오글거리게 할 수도 있겠지만 명언은 인생에 관한 가장 간단명료한 가이드임에 분명합니다. 언제든지 두고두고 곱씹어보세요.

2017 10 31

욕망의 속성은 만족을 모른다는 것이고,
보통 사람은 욕망의 즉각적인 충족만을 추구하며 살아간다.
아리스토텔레스

난데없이 야식이 먹고 싶어 죽을 지경이다.

다이어트 시작한 지 며칠이나 됐다고 벌써
야식을 찾는 걸까, 나의 버킷리스트인
서핑을 하기 위해서라도 참아야만 한다!

⏳ 나름대로 먹방이라도 찾아보며 참아보았다.
　　오히려 역효과가 났다.

👟 '쇼핑욕' 보다 더하다는 '식욕'을 무시하기란 거의 불가능에
　　가까운 것 같다.

🍚 나무젓가락이 아닌 파도를 가를 그 날을 위하여
　　앞으로도 열심히 참아보자!

〈내가 바라는 나의 모습〉 사용설명

마음 다이어리를 기록하며 알아보았던 전체적인 자신의 감정 성향을
〈내가 바라는 나의 모습〉에 자유롭게 적어보세요.
Before 에선 그동안 간직했던 마음과 성품을 돌아보고
After 에선 더 나아진 모습에 대해 생각해본 뒤
개선하기 위해 해야 할 노력과 다짐을 적어보세요.

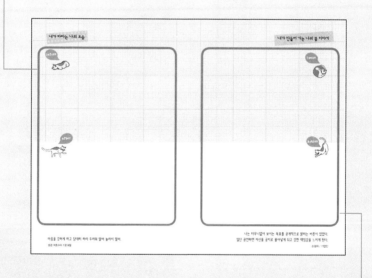

〈내가 만들어가는 나의 꿈 이야기〉 사용설명

감정 못지않게 중요한 것이 바로 미래를 향한 열정입니다.
〈내가 만들어가는 나의 꿈 이야기〉에서 당신의 진로에 대해
깊게 생각해보는 시간을 가져보세요.
Dream 에는 진로와 관련된 일들을.
Action 에는 이를 위한 노력과 그에 따른 성취감을 적어봅니다.

삶이 있는 한 희망은 있다,

키케로

하루에 3시간을 걸으면 7년 후에 지구를 한 바퀴 돌 수 있다.
사무엘 존슨

진정으로 웃으려면 고통을 참아야 하며,
나아가 고통을 즐길 줄 알아야 해,

찰리 채플린

너무 소심하고 까다롭게 자신의 행동을 고민하지 말라.
한 번의 실패와 영원한 실패를 혼동하지 말라.

F. 스콧 피츠제럴드

모든 인생은 실험이다, 더 많이 실험할수록 더 나아진다,

랄프 왈도 에머슨

자신감 있는 표정을 지으면 자신감이 생긴다.

찰스 다윈

....

....

....

....

....

....

....

....

....

....

....

....

....

내 인생 최고의 자랑은 한 번도 실패하지 않은 것이 아니라
넘어질 때마다 다시 일어섰다는 것입니다.

골드 스미스

난관에서 기적이 나온다,

장 드 라브뤼예르

나는 계속해서 실패를 경험한다,
그것이 내가 성공하는 이유다,

마이클 조던

정확도가 파워를,
타이밍이 스피드를 압도한다,
코너 맥그리거

부정적인 생각이 마음속에 침투하게 두지 마라,
그런 생각은 자신감을 죽이는 마약이다.

이소룡

인간의 모든 지혜는 기다림과 희망이라는 말로 요약된다.

알렉상드로 뒤마

해결된 일은 생각할 필요가 없고
해결되지 않은 일도 고민한다고 해결되진 않는다.

달라이 라마

포기하는 방법을 배우는 순간, 그것은 습관이 된다.

월트 디즈니

돈이 다 무슨 소용인가? 사람이 아침에 일어나고 밤에 잠자리에 들며
그 사이에 하고 싶은 일을 한다면 그 사람은 성공한 것이다.

밥 딜런

위대한 사람은 기회가 없다고 원망하지 않는다.

랄프 왈도 에머슨

당신의 행복은 무엇이 당신의 영혼을 노래하게 하는가에 따라 결정된다.

낸시 설리번

군자는 자신에게서 구하고, 소인은 남에게서 구한다,
공자

○○○○○○○○○○ • ○○○○○○○○○○ • ○○○○○○○○○○

과거를 잊는 자는 결국 과거 속에 살게 된다.
괴테

위대한 이는 목적을 갖고, 그 외의 사람들은 소원을 갖는다.

워싱턴 어빙

사회적 차별

인권을 침해하는 차별행위를 절대 참지 마세요.

모든 사람은 인종, 피부색, 성별, 언어, 종교, 정치적 입장이나 여타의 신분과 같은 모든 유형의 차별로부터 벗어나 동등한 자유와 존엄성과 권리를 누려야 합니다. 이 같은 내용으로 세계인권선언이 선포된 지 어언 70년이나 지났지만, 아직도 우리 사회에 녹아들지 못하고 있는 현실입니다. 차별은 엄연한 범죄고, 범죄의 원인은 당연히 '가해자'에게 있습니다. 가해자들의 기세에 절대 주눅 들지 마시고 당당히 대응하세요. 심한 경우는 법적인 대응도 망설이지 마세요. 당신의 존엄성은 스스로 지켜나가야만 합니다.

노력으로 극복 가능한 차별은 노력해서 벗어나세요.

사회적 불평등에만 기인한 차별이 있는가 하면, 단순히 노력의 결핍으로 인해 차별받는 경우도 있습니다. 학업과 다이어트 등이 대표적인데요. 이러한 문제는 개인의 노력만으로도 어느 정도 차별에서 벗어날 수 있습니다. 외관이 아닌 내적 나태함을 비판받는 것이라 생각하고 최대한 노력해보세요. 스스로 떳떳할 때까지 노력했다면 그걸로 충분합니다.

당신도 차별을 해소하는 데 일조하세요.

네모난 세상 속에서만 사회적 평등을 외치고, 정작 둥그런 세상 속에선 남몰래 차별행위를 자행하고 계시진 않나요? 보통 열등감이 심할수록 다른 사람들을 더 혐오한다고 합니다. 하지만 남을 혐오한다고 해서 원초적인 열등감이 해소되는 것은 아니랍니다. 쓸모없는 열등감을 빨리 지워내야 풍요로운 삶을 살 수 있습니다. 사회적 약자들을 존중해주는 것도 중요하지만, 애초에 차별을 하지 않는 것이 그들을 진정으로 평등하게 대해주는 것임을 명심하세요.

마음을 강하게 하고 담대히 하라 두려워 말며 놀라지 말라,

성경 여호수아 1장 9절

내가 만들어 가는 나의 꿈 이야기

Dream

Action

나는 터무니없어 보이는 목표를 공개적으로 밝히는 버릇이 있었다.
일단 공언하면 자신을 궁지로 몰아넣게 되고 강한 책임감을 느끼게 된다.

손정의 / 기업인

진짜 어려움은 극복할 수 있다.
정복할 수 없는 것은 상상 속의 어려움들뿐이다.

시어도어 N. 베일

자신을 사랑하는 법을 아는 것이 가장 위대한 사랑입니다.

마이클 매서

자신에 대한 자신감을 잃으면, 온 세상이 자신의 적이 된다,

랄프 왈도 에머슨

인간에게는 의식적인 노력으로 자신의 삶을 높일 능력이
분명히 있다는 것보다 더 용기를 주는 사실은 없다.

헨리 데이비드 소로우

스스로를 존경하면 다른 사람도 당신을 존경할 것이다.
공자

다른 누군가가 되어서 사랑받기보다는
있는 그대로의 자신으로서 미움받는 것이 낫다.

커트 코베인

자신을 믿어라. 자신의 능력을 신뢰하라.
겸손하지만 합리적인 자신감 없이는 성공할 수도 행복할 수도 없다.

노먼 빈센트 필

실패를 맛본 사람만이 차별성, 개성, 영혼의 성장을 경험한다.

마티아스 호르크스

오랫동안 꿈을 그리는 사람은 마침내 그 꿈을 닮아간다.

앙드레 말로

걱정하는 것은 마치 실패를 위해 기도하는 것과 같다.

로버트 다우니 주니어

당신이 가지고 있는 것으로, 당신이 있는 바로 그곳에서,
당신이 할 수 있는 것을 하라,

시어도어 루즈벨트

불행에 빠져야 비로소 사람은 자기가 누구인가를 깨닫게 된다.

S. 츠바이크

의지의 주인이 되고 양심의 노예가 되어라.

유태 속담

아름다운 것은 모두 선하니 선한 자 또한 곧 아름다워진다.

삽포

할 수 없는 일이 할 수 있는 일에 지장을 주게 하지 마라.

존 R. 우든

평범한 사람의 잠재능력은 아직 항해하지 않은 대양과도 같고,
아직 탐험하지 않은 신대륙과도 같고, 풀어헤쳐져 어떤 위대한 행복을 향하여
나아가기를 기다리는 가능성의 세계와도 같다.

브라이언 트레이시

어리석은 자는 멀리서 행복을 찾고,
현명한 자는 자신의 발치에서 행복을 키워간다.

제임스 오펜하임

사람을 판단하는 척도는 불행을 얼마나 잘 이겨내는지에 달려 있다.

프르다크

주위 사람들, 심지어 가장 친한 친구들마저도 나를 지치게 한다,
외로움은 삶이라는 공동체에서 느낄 수 있는 최고의 기분인 것 같다.

마가릿 조

실연당한 자신을 발견하는 것은 자존심에 상처가 된다.
잊기 위해 최선을 다하고, 그렇게 하지 못했다면 최소한 그런 척이라도 하라.

몰리에르

진로

자신에게 맞는 진로를 찾기 위한 담금질을 견디세요.

세상에는 정말 다양한 직업이 있는지라 얼마든지 자신에게 더 잘 맞는 직업을 찾아볼 수 있습니다. 다만, 진로를 찾아가려면 다양한 경험을 해봐야 하는데, 당신에게는 바로 이 과정을 버티기 위한 인내력이 필요합니다. 시간보다 방향이 중요하다는 마음가짐으로 꾸준히 노력해보세요. 분명 좋은 결과가 있을 겁니다.

진로에 방해되는 환경으로부터 벗어나세요.

진로에 방해되는 환경은, 진로탐색 활동에 도움이 되지 않는 집단 또는 개인과 관련된 일을 함으로써 시간과 기회비용 등에서 손해를 보는 경우를 말합니다. 굳이 필요하지 않을뿐더러 오히려 방해만 되는 상황에 처해졌다고 판단된다면, 한시라도 빨리 빠져나오십시오. 그리고 조금이라도 진로에 도움이 되는 곳을 찾아 들어가야만 당신의 미래를 지킬 수 있습니다. 지금까지 마냥 괜찮게만 느껴졌던 당신의 환경도 다시 한번 자세히 되짚어보세요.

다양한 상담을 통해 진로에 대한 고민을 해결하세요.

아무리 진로 탐색 열의가 가득해도 정보가 적으면 순조롭게 진행하기가 어렵습니다. 자신이 관심 있어 하는 직업에 종사하는 지인이 있다면 매우 다행이겠지만, 이런 경우는 흔치 않을뿐더러 있더라도 직장인들이 워낙 바빠서 물어보기가 망설여지는 게 현실입니다. 하지만 걱정 마세요. 지인이 없다 해도 포털사이트 지식인들에게 전문적인 답변을 받아볼 수 있습니다(요즘은 직업별로 전문적인 답변을 해주는 사람들이 생겨서 더욱더 유용해졌죠). 그 밖에도 각종 취업, 직업 전문 사이트 등을 통해 원하는 자료를 찾아볼 수 있습니다. 직접 그 회사에 전화해보는 것도 좋은 방법이겠지요. 부디 적극적으로 진로를 탐색해 진정 당신이 원하는 일을 하게 되길 바랍니다.

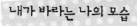

내가 바라는 나의 모습

인간은 운명의 포로가 아니라 단지 자기 마음의 포로일 뿐이다.

프랭클린 D. 루스벨트

Dream

Action

가장 두려운 순간은 언제나 시작하기 바로 직전이다.

스티븐 킹 / 작가

이상적인 인간은 삶의 불행을 위엄과 품위를 잃지 않고 견뎌내
긍정적인 태도로 그 상황을 최대한 이용한다.

아리스토텔레스

최악의 외로움은 자기 자신이 불편하게 느껴지는 것이다.

마크 트웨인

사람이 인생에서 가장 후회하는 어리석은 행동은
기회가 있을 때 저지르지 않은 행동이다.

헬렌 롤랜드

모든 것들에는 나름의 경이로움과 심지어 어둠과 침묵이 있고,
내가 어떤 상태에 있더라도 나는 그 속에서 만족하는 법을 배운다.

헬렌 켈러

....

....

....

....

....

....

....

....

....

....

....

....

....

....

내가 고독할 때 나는 가장 고독하지 않다.

키에르 케고르

성공을 갈망할 때만 성공할 수 있고,
실패해도 상관없다고 생각할 때만 실패할 수 있다.

필리포스

나는 일찍이 고독만큼 사이가 좋은 벗을 본 적이 없다.

도오로우

인간은 사회에서 여러 가지를 배울 수 있다.
그러나 영감을 받는 것은 오로지 고독 속에 있을 때만 가능하다.

괴테

자기가 행복하다는 것을 알지 못하기 때문에 불행한 것이다.

도스토예프스키

우리는 하나의 길을 찾을 것이고, 없으면 만들 것이다.
한니발

장님으로 태어난 것보다 더 불행한 사람이 있다,
시력은 있으되 꿈이 없는 사람이다,

헬렌 켈러

가장 위대한 영광은 절대로 실패하지 않는 데 있는 것이 아니라
우리가 포기하는 매 순간 다시 일어서는 데 있다.

공자

당신은 용기를 가져야 한다.
용기는 실패로부터 어떠한 열정도 사그라지게 하지 않는 원동력이다.

윈스턴 처칠

나는 낙담하지 않는다, 왜냐하면 성공하지 못한 것은
앞으로 나아가게 하는 또 다른 단계이기 때문이다,

토마스 에디슨

남을 미워한 결과로 받게 되는 대가는 자신에 대한 사랑의 부족이다.

엘드리지 클리버

궁핍은 영혼과 정신을 낳고, 불행은 위대한 인물을 낳는다.

빅토르 위고

나는 지금 행복한가 하고 자기 자신에게 물어보면
그 순간 행복하지 못하다고 느끼게 된다.

J. S 밀

부를 산출하지 않고는 소비할 권리가 없는 것처럼,
행복도 산출하지 않고는 그것을 누릴 권리가 없다.

G. B. 쇼

쓸데없는 욕심을 버리도록 힘써라.
곧바로 형언할 수 없는 만족감과 아울러 행복을 얻을 것이다.

에픽테투스

사람의 괴로움은 끝없는 욕심에 있다,
자기 분수에 맞게 만족할 줄 안다면 마음은 항상 즐겁다,

채근담

학업

달콤한 유혹을 견디세요.

유독 공부만 하려고 하면 세상 모든 게 재밌게만 보이는 신기한 현상이 일어나지요. 눈이 가면 마음도 간다고 하니 공부를 시작하려면 우선 책상 위의 방해 요인들부터 제거해줄 필요가 있습니다. 이렇게 가만히 있는 물건들마저 방해가 되는데, 하물며 놀고 싶어 몸부림치는 친구들의 유혹은 어떨까요? 비록 우정이 버무려져 더욱 달콤하게 느껴질지라도 훗날을 기약하며 정중히 거절하는 단호함을 보입시다. 처음이 어렵지 어느 정도 습관이 되는 시점을 넘기면 매우 수월해지니 그때까지만이라도 참아보아요. 나중에 정말 기약 없이 놀게 되는 불상사가 일어나지 않게 하기 위해서라도 말이죠.

의미 없는 엉덩이 씨름으로부터 벗어나세요.

보통 동네 독서실만 가봐도 한 시간 이상을 가만히 앉아서 공부하는 사람을 보기가 힘듭니다. 문제는 그 한 시간마저도 온전히 공부에 몰입하지 않는다는 것이지요. 만약 지금 공부하고 있는 게 자기 실력 이상이라 집중하기 어려운 거라면 수준을 과감히 낮출 필요가 있습니다. 그렇지 않고 그저 집중하기 힘든 거라면 교육기관의 도움을 받거나 자신의 의지로 집중력 훈련을 계속하는 수밖에 없습니다.

공부시간에 걸맞게 휴식시간을 만들어 학업 스트레스를 해소하세요.

두 목수가 누가 한 시간 동안 나무를 더 많이 베는지 내기를 했습니다. 한 목수는 시작과 동시에 쉬지 않고 나무를 계속 베어냈지만, 웬일인지 다른 한 목수는 나무를 베다 말고 밑동에 앉아 쉬는 듯 보였는데요. 과연, 이 내기의 승자는 누구였을까요? 아이러니하게도 한 번도 쉬지 않았던 목수가 졌습니다. 다른 한 목수는 밑동에 앉아 다름 아닌 도끼의 날을 갈고 있었기 때문입니다. 그렇게 중간중간 날을 갈다 보니 다른 목수의 무뎌져버린 도끼 날을 상대로 이길 수 있었던 것이지요. 이처럼 공부를 하는 것만큼 중요한 게 쉬는 겁니다. 쉬는 것도 그냥 쉬는 게 아니라, 무뎌진 정신을 다시 예리하게 해줄 만큼 알차게 쉬어야만 하는 것이지요.

내가 바라는 나의 모습

before

after

남들이 당신에게 던진 벽돌들로 탄탄한 기반을 쌓을 수 있어야 성공한다.

데이비드 브링클리

꿈을 놓치지 마라, 꿈이 없는 새는 아무리 튼튼한 날개가 있어도 날지 못하지만,
꿈이 있는 새는 깃털 하나만 갖고도 하늘을 날 수 있다,

강수진 / 발레리나

실패는 성공을 맛내는 양념이다.

트루먼 카포티

불행을 통해 행복이 무엇인지를 배우게 된다,

토마스 풀러

과정에서 재미를 느끼지 못하는데 성공하는 일은 거의 없다,

데일 카네기

성공하려면 당신을 찾아오는 모든 도전을 다 받아들여야 한다,
마음에 드는 것만 골라 받을 수는 없다,

마이크 가프카

재물의 빈곤은 쉽게 치유되지만, 영혼의 빈곤은 결코 치유되지 않는다,

몽테뉴

인생의 가장 큰 저주란 목마름이 아니라 만족할 줄 모르는 메마름이다,

송길원

조금도 위험을 감수하지 않는 것이 인생에서 가장 위험한 일일 것이라 믿어요!

오프라 윈프리

열망이 능력을 가져온다.

레이먼드 홀리웰

원수를 만들어보지 않은 사람은 친구도 사귀지 않는다.

알프레드 테니슨 경

두려움 때문에 갖는 존경심만큼 비열한 것은 없다.
알베르 카뮈

평생 살 것처럼 꿈을 꾸어라.
그리고 내일 죽을 것처럼 오늘을 살아라.

제임스 딘

욕심은 수많은 고통을 부르는 나팔이다,
팔만대장경

1퍼센트의 가능성, 그것이 나의 길이다.

나폴레옹

고통이 남기고 간 뒤를 보라! 고난이 지나면 반드시 기쁨이 스며든다.
괴테

행복은 습관이다, 그것을 몸에 지니라,

허버드

죽는 일보다 고통받는 일이 더 많은 용기를 필요로 한다.

나폴레옹

늙고 젊은 것은 그 사람의 신념이 늙었느냐 젊었느냐 하는 데 있다.
맥아더

눈물과 더불어 빵을 먹어 보지 않은 자는 인생의 참다운 맛을 모른다.

괴테

재산을 잃은 사람은 많이 잃은 것이고 친구를 잃은 사람은
더 많이 잃은 것이며 용기를 잃은 사람은 모든 것을 잃은 것이다.

세르반테스

돈이란 바닷물과도 같다. 그것은 마시면 마실수록 목이 말라진다.

쇼펜하우어

실패

포기하고픈 충동을 극복해보세요.

저는 자전거를 처음 배울 때 처음으로 수많은 실패를 경험했던 것 같습니다. 동네 놀이터에 남아 혼자 연습하면서 정말 힘들었던 나머지 세발자전거로 남은 인생을 보내는 것도 괜찮겠다 생각했지만 다음 날에도 어김없이 안장 위에 올라탔죠. 이후 하루 이틀 더 연습하다 보니 아프지 않게 넘어지는 방법도 터득하게 되었습니다. 물론 그렇게 일주일이 지나고 나서 저는 절대 지각하지 않는 착실한 학생이 되어 있었답니다. 당신도 부디 자꾸 실패한다고 모든 것을 잃은 것처럼 좌절하지 마세요. 자전거는 단지 옆에 쓰러져 있을 뿐이니까요. 어떻게든 일으킨 뒤에 마저 도전하세요. 지금의 작은 발돋움 하나하나가 나중의 큰 도약을 결정 짓는답니다.

어떻게든 슬럼프에서 벗어나세요.

있는 힘껏 자전거를 일으켜 아무리 연습을 거듭해봐도 전혀 실력이 느는 것 같지 않을 때가 있습니다. 일명 '슬럼프'에 빠지게 된 것인데요. 슬럼프가 심각한 문제인 이유는, 대부분 본인이 그 원인을 알지 못하기 때문입니다. 도로가 젖어 미끄럽다거나 타이어의 바람이 느슨해지는 바람에 아무리 노력해봐도 자전거가 나가질 않는 경우처럼 미처 눈치 채지 못한 좋지 않은 영향들로 인해 상황이 나아지지 않을 수도 있습니다. 그러므로 슬럼프를 극복하려면 끈기를 갖고 찬찬히 지나온 과정을 되짚어보는 자세가 필요합니다.

오직 성공만으로 그동안의 패배감을 모두 해소하세요.

성공을 좇아 험한 세상을 헤쳐 나가는 이의 마음이 성할 리 없겠지만, 마음의 안식을 가지는 데 지나치게 치중하다가 성공을 향한 방향성마저 잃어버리는 안타까운 경우가 적지 않습니다. 어느 누구라도 실패 속에 쌓인 마음속의 짐들을 한시 빨리 떨쳐버리고 싶겠지만, 이를 발판으로 삼아 우선적으로 성공에 다다르는 것만이 가장 현명한 방법이겠지요. 짐이 있어야만 비로소 알찬 여행이 되는 것처럼, 마음의 짐도 때로는 우리 삶에 꼭 필요한 존재가 아닐까요?

운명의 주인이요, 마음의 선장이 되어라,

윌리암 어네스트 헨리

내가 만들어 가는 나의 꿈 이야기

Dream

Action

99도까지 물을 끓여놓아도 1도를 넘길 인내심이 없다면
영원히 물은 끓지 않는다.

김연아 / 피겨선수

고난의 시기에 동요하지 않는 것,
이것은 진정 칭찬받을 만한 뛰어난 인물의 증거다.

베토벤

노여움은 항상 어리석음에서 시작하여 후회로 끝난다,

피타고라스

슬픔은 일순의 고통이다, 슬픔에 잠김은 인생의 가장 큰 실수이다,

B. 디즈레일리

가장 적은 욕심을 갖고 있기 때문에 나는 신에 가까운 것이다.

소크라테스

용서만큼 완벽한 복수는 없다,

조쉬 빌링스

삶은 공평하지 않다, 다만 죽음보다는 공평할 뿐이다,

윌리엄 골드먼

사람은 고생을 면할 수가 없다. 그러나 잊을 수 있는 능력이 있다.

디즈레일리

분노는 기묘한 사용법을 지닌 무기다.
다른 무기는 사람이 사용하지만, 분노라는 무기는 반대로 우리를 사용한다.

몽테뉴

만약 당신이 어떤 것이든 제대로 하려고 하면 그건 틀림없이 막힐 것이다.

코너 맥그리거

성내지 말고, 해치지 말고, 진실하고 정성됨을 생각하라,
어리석은 사람은 스스로 분노하여 원한을 간직하고, 언제나 가슴속에 품고 있다,

불경

받은 상처는 모래에 기록하라, 받은 은혜는 대리석에 새기라,

B. 프랭클린

생각의 관점을 바꿀 수 있는 용기를 가져라, 그리고 변화하라!

이케다 키요히코

당신은 항상 영웅이 될 수 없다. 그러나 항상 사람은 될 수 있다.
괴테

어떤 가치 있는 행동을 하지 아니한 날, 그날은 잃은 날이다.

자콥 보바트

분노는 도덕과 용기의 무기가 되는 경우가 자주 있다.

아리스토텔레스

참된 삶을 맛보지 못한 자만이 죽음을 두려워하는 것이다.

제이메이

가치 있는 적이 될 수 있는 자는 화해하면 더 가치 있는 친구가 될 것이다.
펠담

모든 죄의 기본은 조바심과 게으름이다.

카프카

맹세는 말에 지나지 않고 말은 바람에 지나지 않는다,

버틀러

나는 영토는 잃을지 몰라도 결코 시간은 잃지 않을 것이다,

나폴레옹

우정

친구라는 이유로 무조건 참지 마세요.

제일 스스럼없이 지내는 사이인 만큼 무례를 자주 범하기도 하는 게 바로 친구 사이겠지요. 아무리 별것 아닌 일일지라도 이를 당하는 입장에선 자칫 우정에 금이라도 갈까봐 보통 애써 아무렇지 않은 척합니다. 결국 이렇게 수용 한도를 늘리고 늘리다가 한계에 다다르면 크게 싸우거나 심하게는 절교까지 하게 되는 것이겠죠. 그저 상큼발랄하기만 한 친구가 좋아 보일 때도 있겠지만, 결국엔 진심 어린 충고를 주고받을 수 있는 친구라야 진정 당신 인생에서 보배 같은 존재가 되어줄 것입니다. 그러므로 당신부터 누군가에게 정말로 귀한 친구가 되길 원한다면 망설이지 말고 친구로서 당신의 목소리를 내세요.

대화와 경청으로 위기를 벗어나세요.

절대 침몰하지 않는 배(ship)는 바로 우정(Friendship)이라고 하지요. 삶 속에서 험한 폭풍을 만날지라도 참된 우정만 있다면 문제없이 뚫고 나갈 수 있는 법이죠. 다만, 이 배엔 운전대가 두 개가 있답니다. 이 두 개의 운전대가 계속해서 서로 다른 곳을 향하다 보면 얼마 못 가 바위를 피하지 못하거나 소용돌이에 빨려 들어가 결국 난파되고 맙니다. 이를 막기 위해선 적극적인 경청과 대화가 필요합니다. 이때 대화보단 경청에 초점을 두는 것이 좋으며, 나의 감정과 의견을 오해 없이 잘 표현할 수 있도록 '나 대화법'을 이용하는 것도 좋은 방법입니다.

친구로서 함께 고민을 해소하세요.

친구라고 해서 모든 것을 터놓고 얘기할 것만 같지만, 오히려 친구로서 부끄러운 마음에 숨기는 것들도 많은데요. 지극히 개인적인 문제를 비롯해서 가정사 같은 것을 털어놓으면 친구에게 큰 부담만 안겨줄까봐 말하기 꺼려지는 게 사실입니다. 그래도 한번 실례를 무릅쓰고 고민 상담을 신청해보세요. 쉽게 꺼내기 힘든 고민을 나누는 것 자체로도 친구에게는 큰 유대감을 심어줄 것입니다. 알고 봤더니 그 친구도 당신이 혼자 끙끙대는 모습을 보면서 똑같이 속앓이를 하고 있었을 수도 있겠지요.

before

after

세상은 고통으로 가득하지만, 그것을 극복하는 사람들로도 가득하다.

헬렌 켈러

내가 만들어 가는 나의 꿈 이야기

Dream

Action

그대의 꿈이 한 번도 실현되지 않았다고 해서 가엾게 생각해서는 안 된다.
정말 가엾은 것은 한 번도 꿈을 꿔보지 않았던 사람들이다.

크리스토프 에셴바흐 / 지휘자, 피아니스트

한가한 인간은 고여 있는 물이 썩는 것과도 같다.
프랑스 격언

빈곤은 재앙이 아니라 불편이다,

플로리오

정직은 가장 확실한 자본이다,

에머슨

모든 일은 계획으로 시작하고, 노력으로 성취되며, 오만으로 망친다.

관자

태만을 즐기고 있을 때는 태만함을 느끼지 못한다.

가스가 센안

여가를 활용하지 못하는 사람은 항상 여가 시간이 없다.

서양 격언

무지함을 두려워 말라, 거짓 지식을 두려워하라,
파스칼

눈을 감아라, 그럼 너는 너 자신을 볼 수 있으리라,

버틀러

굳은 결심은 가장 유용한 지식이다.

나폴레옹

선을 행하는 데는 나중이라는 말이 필요 없다,

괴테

학문의 최대의 적은 자기 마음속에 있는 유혹이다.

처칠

기대하지 않는 자는 실망하지도 않을 것이다.
울거터

좋은 밤을 찾다가 좋은 낮을 잃어버리는 사람들이 많다.

네덜란드 격언

악은 쾌락 속에서도 고통을 주지만 덕은 고통 속에서도 위안을 준다.
콜튼

일은 인류를 사로잡는 모든 질환과 비참을 치료해주는 주요한 치료제다.
칼라일

행동을 가져오지 않는 생각, 그것은 생각이 아니라 공상이다.

엘리자 램브 마틴

작은 구멍 하나가 큰 배를 침몰시키는 것이다,

에프라임 도마라츠키

목표를 보는 자는 장애물을 겁내지 않는다.

한나 모어

험담은 세 사람을 죽인다,
말하는 자, 험담의 대상자, 듣는 자,

미드라쉬

행동가처럼 생각하라, 그리고 생각하는 사람처럼 행동하라,

헨리 버그슨

연애

이별의 아픔을 견딜 준비를 하세요.

아무리 뜨거운 연인 사이라도 사랑이라는 이름 하나로 영원히 관계가 지속되리라 보장할 수 없습니다. 굳이 감정적인 문제가 아니더라도 각자 피치 못할 사정이 생겨 관계를 정리해야 하는 상황이 닥칠 수도 있죠. 이별이 주는 고통은 가히 삶을 송두리째 흔들어버릴 만큼 엄청나기 때문에 미리 이별에 대비한 마음의 준비를 어느 정도는 해두세요. 아름다운 이별만큼 사람과 사랑을 성숙시켜주는 것도 없습니다.

억척스럽게라도 권태기를 벗어나세요.

사람마다 유효 기간은 다르겠지만 언젠가는 콩깍지가 벗겨지기 마련입니다. 콩깍지가 벗겨지는 즉시 연인의 단점이 우후죽순처럼 보이기 시작하지요. 곧이어 이러한 단점들을 빌미로 크고 작은 다툼이 생겨나고 그로 인한 권태기를 이겨내지 못한 나머지 관계의 임종을 맞이하기도 합니다. 권태기를 극복하려면 억지로라도 솔직해져야 합니다. 그간 콩깍지에 싸여 말하지 못했던 속내를 있는 그대로 털어내 보이는 것이지요. 한편으로는 그간 서로에게 행했던 제재들도 느슨하게 해줄 필요가 있습니다. 이렇게 적극적으로 권태기를 물리치다 보면 어느새 다시금 콩깍지가 씐 것을 확인할 수 있을 거예요.

최고의 천연 자양강장제로 피로를 해소하세요.

최고의 천연 자양강장제인 사랑의 힘은 실로 대단합니다. 험난한 일상 속에서 켜켜이 쌓인 피로들도 사랑 앞에서는 쉬 녹아내리죠. 이토록 놀라운 사랑의 힘을 느껴보고 싶다면, 사랑하는 이를 향한 본능적인 애정과 이성적인 배려가 항상 조화를 이룰 수 있게 만드세요. 그이와 함께 느끼고 키워가는 충만한 사랑의 힘으로 활기찬 삶을 영위하게 될 것입니다.

내가 바라는 나의 모습

자신의 감정을 믿지 말라. 감정은 자기 자신을 속이는 수가 있다.
그러나 그대 자신에 있어서 내면의 영원한 본성은 속임이 없으니 그대의 영원한 본성을 탐구하라.

석가모니

내가 만들어 가는 나의 꿈 이야기

Dream

Action

당신은 명품 칼이 되기 위해 뜨거운 불속에서 달궈지고
대장장이에 의해 난타당하는 중이다.

한비야 / 국제구호활동가

돈으로 살 수 있는 행복이라 불리는 상품은 없다.

헨리 밴 다이크

일을 몰고 가라, 그렇지 않으면 일이 너를 몰고 갈 것이다.
프랭클린

위대한 것치고 정열 없이 이루어진 것은 없다.

에머슨

우리의 거의 모든 삶이 어리석은 호기심에 낭비되고 있다.

보들레르

천재란 인내에 대한 위대한 자질 이외에는 아무것도 아니다.

뷰퐁

시간을 선택하는 것은 시간을 절약하는 것이다.

베이컨

절제는 모든 미덕의 진주고리를 이어주는 비단의 실이다.

홀

삶은 순간들의 연속이다. 순간을 사는 것이 성공하는 것이다.

켄트

우리의 인내가 우리의 힘보다 더 많은 것을 성취할 것이다.
버크

인간은 패배했을 때 끝나는 것이 아니다,
포기했을 때 끝나는 것이다,

닉슨

잔잔한 바다에서는 뛰어난 뱃사공이 만들어지지 않는다.

영국 속담

분노는 바보들의 가슴속에서만 살아간다,
아인슈타인

용기는 대단히 중요하다, 근육과 같이 사용함으로써 강해진다,
고든

무거운 마음을 가지고 가벼운 시를 즐길 수 없다.

베이커

긍지는 인간이 입을 수 있는 가장 훌륭한 갑옷이다.

제롬

신기한 말을 하는 것이 귀함이 아니라 실행함이 귀하다,

이태백

의복에만 마음이 쏠리는 것은 마음과 인격이 잠든 탓이다,

에머슨

신사를 만드는 것은 옷이 아니다.

영국 속담

적은 것을 적다고 하지 말며 천한 것을 천하게 여기지 말라,

소자

참고 버티라, 그 고통은 차츰차츰 너에게 좋은 것으로 변할 것이다,
오비디우스

효도

부모님과 의견이 엇갈려도 일단은 참으세요.

부모님과 의견을 나눌 때에는 아무리 당신의 의견이 일리가 있고 사실이라 믿어지더라도 거세게 강요하진 마세요. 어렸을 적 당신의 생떼를 적잖이 받아내셨을 부모님께 이제는 성숙한 모습을 보여드려야 하지 않겠어요? 충분히 시간을 두고 서서히 믿음을 심어드리며 설득시켜나가는 것만이 자식 된 도리를 행할 수 있는 방법입니다. 부모님의 판단이 서투른 게 아니라 당신이 그동안 마음을 표현하는 데 서툴러서 부모님도 선뜻 믿음을 주기가 어색한 거라 생각하세요.

부모님의 착한 거짓말이 주는 착각에서 벗어나세요.

제 어머니도 항상 통닭을 시키면 목만 드시는 바람에 한동안은 어머니가 목을 그렇게 좋아하시는 줄로만 알았습니다. 다 저희들 좋은 것만 주고 조금 더 편하게 해주려고 하시는 '착한 거짓말'인 줄 몰랐던 거죠. 문제는 부모님들의 착한 거짓말은 이미 습관으로 굳어진 터라 자녀들이 일일이 진실을 규명하는 수밖에 없다는 겁니다. 본인의 건강에 대해서는 늘 괜찮다고 말하며 넘겨버리시거나 병을 앓게 돼도 사는 데 별 지장 없다고 하시는 게 부모님들의 대표적인 착한 거짓말입니다. 부디 부모님의 착한 거짓말에 속아 넘어가 나중에 크게 후회하는 일이 없기를 바랍니다.

부모님의 응어리를 적극 해소해드리세요.

사람은 나이가 들수록 혼자 있는 시간이 많아지고 더불어 말수도 크게 줄어듭니다. 우리의 부모님도 다르지 않지요. 때문에 미처 해소되지 못한 감정들이 쌓이고 쌓여도 마치 무덤까지 갖고 가시려는 듯 좀처럼 표현하지 않으십니다. 이럴 땐 자녀들이 적극적으로 손을 내밀어 마음의 문을 계속 열어드리는 게 중요합니다. 이를 위해 부모님이 좋아하실 만한 음식을 대접해드리거나 평소 가고 싶으셨던 곳으로 여행을 보내드리는 것도 좋겠지만, 정작 제일 중요한 것은 자식이 곁에 있어드리는 거라는 걸 명심하세요.

내가 바라는 나의 모습

강한 인간이 되고 싶다면, 물과 같아야 한다.

노자

내가 만들어 가는 나의 꿈 이야기

Dream

Action

뜨거운 열정보다 중요한 것은 지속적인 열정이다,

마크 주커버그 / 기업인

오래가는 행복은 정직한 것 속에서만 발견할 수 있다.

리히텐베르히

인내는 쓰다, 그러나 그 열매는 달다.
루소

양심은 어떠한 과학의 힘보다도 강하고 현명하다.

라데이러

습관은 제2의 천성으로 제1의 천성을 파괴한다.

파스칼

내기는 탐욕의 아들이며, 부정의 형제이며, 불행의 아버지이다,

워싱턴

사람의 천성과 직업이 맞을 때 행복하다,

베이컨

행동에 부주의하지 말며, 말에 혼동되지 말며,
생각에 방황하지 말라.

마르크스 아우렐리우스

공정하고 바른 곳에 근거를 두었을 때의 긍지보다 이익을 주는 것은 좀처럼 없다.
밀턴

인생은 불확실한 항해이다,

셰익스피어

목적 없이 존재하는 것은 아무것도 없다.

보들레르

전력을 다해서 시간에 대항하라.

톨스토이

인생에서 중요한 법칙은 만사에 중용을 지키는 일이다,

테렌티우스

처음의 큰 웃음보다는 마지막의 미소가 낫다.

영국 속담

쓴맛을 보기 전에 단맛을 보아서는 안 된다.

고울딤 헴

∞∞∞∞∞∞ ● ∞∞∞∞∞ ● ∞∞∞∞∞

분노가 가라앉았을 때 후회가 찾아온다,

소포클레스

큰 나무는 바람을 많이 받는다.

카네기

생각은 곧 말이 되고, 말은 행동이 되며,
행동은 습관으로 굳어지고, 습관은 성격이 되어 결국 운명이 된다.

찰스 리드

화가 나면 열을 세어라. 풀리지 않는다면 백을 세어라.

제퍼슨

날이 밝기 직전이 항상 가장 어둡다.

풀러

시기와 질투는 언제나 남을 쏘려다가 자신을 쏜다.

맹자

건강

유해한 음식이 주는 중독현상을 최대한 참으세요.

한국의 대표 음식이 김치가 아닌 라면이 아닐까 싶을 정도로 인구 대비 라면 소비량이 세계 1위에 달하는 우리나라인데요. 이러한 패스트푸드와 가공식품 등을 자주 먹으면 아무리 건강한 신체라도 얼마 안 가 성인병에 무너지고 맙니다. 아예 먹지 않는 게 가장 좋겠지만 현대사회에선 불가능하다고 할 수 있겠지요. 간단하게는, 음식의 간을 최대한 싱겁게 해서 당분과 염분 섭취를 줄이거나 음식을 꼭꼭 씹어 먹어서 포만감을 유발해 전체적인 섭취량을 줄여볼 수 있습니다.

유해한 환경으로부터 벗어나세요.

담배와 술, 건강에 최대의 적이라고 할 수 있는 이 두 가지는 주변 환경에 의해 처음 접하게 되고 이어 꾸준히 섭취하게 됩니다. 점점 조절하려고 노력해봐도 일종의 사회적 유대로 인식하는 주변 시선 때문에 실패하는 경우가 많지요. 그러나, 기한 없이 마지못해 섭취하기보다는 삶의 기한이 성급히 당겨지는 심각성을 자각하고 당당하게 거부 의사를 표하는 용기가 필요합니다.

운동을 통해 신체적, 정신적 스트레스를 모두 해소하세요.

의사들이 권장하는 운동량이 있습니다만, 사실 운동은 언제라도 하는 게 가장 중요합니다. 기본적으로 운동을 하면 엔도르핀이 많이 분비되는데요. 이는 운동을 통해 누적되는 피로 물질과 관절의 통증을 감소시키기 위해 생성되는 물질로서 '정신적 스트레스'까지도 해소시켜준다고 합니다. 또한 운동을 함으로써 단백질이 분해작용을 하는데, 이때 나오는 부신피질 호르몬은 '육체적 스트레스'도 완화시켜준다고 하네요. 물론 이 모든 건 열심히 운동했을 때만 느낄 수 있으니 TV 앞에서 눈물만 흘리지 말고 지금 일어나 땀을 흘리시길 바랍니다!

내가 바라는 나의 모습

before

after

위대한 정신을 가진 사람들은 생각을 논한다.
평범한 사람들은 사건을 논한다. 마음이 좁은 사람들은 사람들을 논한다.

엘리너 루즈벨트

숨을 쉬고픈 간절함만큼 성공하고 싶은 마음이 생기면 그때는 반드시 성공할 것이다.

플로이드 메이웨더 주니어 / 권투 선수

폭풍은 참나무가 더욱 뿌리를 깊게 박도록 한다,

허버트

미지를 향해 출발하는 사람은 누구나 외로운 모험에 만족해야 한다.

지드

풍랑은 항상 능력 있는 항해자의 편이다.

기번

오늘 가장 좋게 웃는 자는 역시 최후에도 웃을 것이다.

니체

영혼이 깃든 청춘은 그렇게 쉽사리 사라지지 않는다.

카로사

노령에 활기를 주는 진정한 방법은, 마음의 청춘을 연장하는 것이다.
콜린즈

위기의 시기에는 가장 대담한 방법이 때로는 가장 안전한 법이다.

키신저

시간이 덜어주지 않는 슬픔은 없다.

세르비우스 수풀리키우스

슬픔의 유일한 치료제는 행동이다.

G. H. 루이스

원수를 위하여 화로를 뜨겁게 하다가 그대 자신이 먼저 데이기 쉽다,
셰익스피어

네가 행복하기를 원하면, 즐거워하기를 배워라.

M. 프라이어

스스로 불행하다고 생각하는 자는 불행하다,

세네카

오늘은 항상 어제와 다르다,

A. 스미드

한때의 분함을 참으면 백날의 근심을 면한다,
명심보감

행복해지려고 하는 마음의 소유자는 틀림없이 위대하다.

영

분노를 모르는 사람은 어리석다,
그러나 분노를 알면서도 참을 줄 아는 사람은 현명하다.

주자

행복은 항상 그대가 손에 잡고 있는 동안에는 작게 보이지만
놓쳐보면 곧 그것이 얼마나 크고 귀중한가를 알 것이다,

M. 고리키

창조적인 삶을 살려면 내가 틀릴지도 모른다는 공포를 버려야 한다.

미상

추구할 수 있는 용기가 있다면 우리의 모든 꿈은 이뤄질 수 있다,

월트 디즈니

늘 하던 대로 하면 늘 얻던 것을 얻는다.

미상

내가 바라는 나의 모습

before

after

자신을 통제하기 위해서는 본성을 거스르지 말고 받아들여야 한다.

이소룡

내가 만들어 가는 나의 꿈 이야기

과거의 후회와 미래의 희망 속에 현재라는 기회가 있다.

크리스티아누 호날두 / 축구선수

열정을 잃지 않고 실패에서 실패로 걸어가는 것이 성공이다.

윈스턴 처칠

기회는 생기는 것이 아니라 만들어내는 것이다.

크리스 그로서

결함이 나의 출발의 바탕이고 무능이 나의 근원이다,
발레리

나는 실패한 게 아니다. 나는 잘되지 않는 방법 1만 가지를 발견한 것이다.

토마스 에디슨

대나무는 끊어진 마디가 있어 더 강한 거예요,
바람이 거칠어야 연도 높게 나는 법입니다,

강호동

잘못된 것들을 쫓아다니는 것을 그만두면 옳은 일들이 당신을 따라잡을 기회가 생긴다,

롤리다스칼

위대한 것으로 향하기 위해 좋은 것을 포기하는 걸 두려워하지 마라.

존 록펠러

게으른 예술가가 만든 명작은 없다.

미상

이 세상에 재능이 있는데 성공하지 못한 사람보다 더 흔한 건 없다.
미상

모든 성취의 시작점은 갈망이다.

나폴레온 힐

성공은 매일 반복한 작은 노력들의 합이다.

로버트 콜리어

무엇이 행복을 가져올 거라 말하기란 꽤 어렵다,
빈곤도 부유도 행복을 가져오진 못했다,

K, 하버드

위대한 일들을 이루기 전에 스스로에게 위대한 일들을 기대해야 한다.
마이클 조던

전부를 취하면, 전부를 잃는다.

팔만대장경

가난에 대한 두려움이 삶을 지배하도록 내버려두면,
그 대가로 당신은 먹기는 할 것이나 살지는 못할 것이다.

조지 버나드 쇼

비참해져라, 혹은 스스로에게 동기를 부여하라,
뭘 해야 하든, 그건 언제나 당신의 선택이다,

웨인 다이어

승자의 주머니 속에는 꿈이 있고, 패자의 주머니 속에는 욕심이 있다.

탈무드

운은 용기를 내는 사람의 편이다.
베르길리우스

소인배는 불운에 길들여지고 눌린다,
그러나 위대한 사람들은 불운 위로 올라선다,

워싱턴 어빙

깊은 강물은 돌을 던져도 흐려지지 않는다.
모욕을 받고 이내 욱하는 인간은 조그마한 웅덩이에 불과하다.

톨스토이

내가 바라는 나의 모습

괴로움이 남기고 간 것을 보라, 고난도 지나고 나면 감미롭다.

괴테

내가 만들어 가는 나의 꿈 이야기

Dream

Action

다른 사람이 가져오는 변화나 더 좋은 시기를 기다리기만 한다면
결국 변화는 오지 않을 것이다. 우리 자신이 바로 우리가 기다리던 사람들이다.
우리 자신이 바로 우리가 찾는 변화다.

버락 오바마 / 정치인

〈마음목욕 수료증〉 사용설명서

—

지금껏 본인이 가장 뿌듯하게 여기는 성품의
발전과 진로적인 성취 등을 적어보세요.

마음목욕
수료증

이름 : ....

위 사람은 그동안 200회의 마음목욕을 수행하며 아래와 같은
발전을 이끌어낸 노고를 인정받아 이 증서를 수여하는 바입니다.

....

....

....

....

_ _ _ _ 년 _ _ 월 _ _ 일

시간은 꿈을 저버리지 않는다.
〈은하철도 999〉 中

마음도 목욕이 필요해

초판인쇄	2017년 10월 30일
초판발행	2017년 11월 6일
지은이	송태준
발행인	조현수
펴낸곳	도서출판 더로드
마케팅	최관호 최문순 신성웅
기획ㅣ편집	정민규
디자인ㅣ일러스트	호기심고양이
주소	경기도 고양시 일산동구 백석2동 1301-2
	넥스빌오피스텔 704호
전화	031-925-5366~7
팩스	031-925-5368
이메일	provence70@naver.com
등록번호	제2015-000135호
등록	2015년 06월 18일

정가 16,500원